Silmara Rascalha Casadei

A menina e seus pontinhos

Bullying não é amor!

Lisie De Lucca

ilustrações

1ª edição
12ª reimpressão

© 2011 texto Silmara Rascalha Casadei
ilustrações Lisie De Lucca

© Direitos de publicação
CORTEZ EDITORA
Rua Monte Alegre, 1074 – Perdizes
05014-000 – São Paulo – SP
Tel.: (11) 3864-0111 Fax: (11) 3864-4290
cortez@cortezeditora.com.br
www.cortezeditora.com.br

Direção
José Xavier Cortez

Editor
Amir Piedade

Preparação
Alessandra Biral

Revisão
Alessandra Biral
Fábio Justino de Souza
Gabriel Maretti

Edição de Arte
Mauricio Rindeika Seolin

Impressão
EGB – Editora Gráfica Bernardi

Dados Internacionais de Catalogação na Publicação (CIP)
(Câmara Brasileira do Livro, SP, Brasil)

Casadei, Silmara Rascalha
  Bullying não é amor! / Silmara Rascalha Casadei; Lisie De Lucca, ilustrações. – 1. ed. – São Paulo: Cortez, 2011.

  ISBN 978-85-249-1830-8

  1. Literatura infantojuvenil. I. Lucca, Lisie De. II. Título.

Índices para catálogo sistemático:
1. Literatura infantil   028.5
2. Literatura infantojuvenil   028.5

Impresso no Brasil – setembro de 2024

*Para todas as crianças que tratam
com carinho e respeito as outras crianças.*
Silmara

*Para todas as crianças que se tratam
com carinho e respeito.*
Lisie

A menina havia descoberto que os pontinhos que temos em nosso coração são cheios de memórias que guardamos para compor o livro da nossa vida.

A história desse pontinho começou quando um pequeno grupo mexia com outros colegas de escola.

– Ih! Olha os óculos do José... Que engraçados!

– Nossa! Olha o tênis da Letícia...

Às vezes, até algumas crianças que não falavam achavam graça. Um dia, um dos meninos olhou para a menina de um jeito zombeteiro.

"Ai, meu Deus! Será que ele vai mexer comigo?", pensou ela.

E não demorou nada para o Antônio falar:

– Ei, quantos hambúrgueres você comeu hoje? Como está estufada!

– Há! Há! Há! – foi uma gargalhada geral.

A menina não entendeu o que havia acontecido, mas de repente sentiu sua barriga crescer. E sabem o que é pior? Parecia que carregava uma plaquinha em que estava escrito: "Estufada".

Nos dias que se seguiram, ela se olhava no espelho e se via estufada.

Os meninos continuavam a provocá-la, e a menina foi ficando brava:

– Parem! Como vocês são chatos!

Mas, quanto mais ela ficava nervosa, mais eles a provocavam. Até algumas colegas começaram a rir das provocações.

– Ai... Ui...

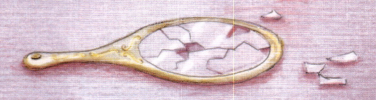

– Isso mesmo, você está estufada e seus cabelos parecem um cogumelo gigante!

– Ai! Agora são meus cabelos? – afligiu-se.

No intervalo da aula, ela correu até o banheiro para olhar-se no espelho: e não é que eles pareciam mesmo um cogumelo? Imediatamente sentiu uma plaquinha se afixar em seus cabelos.

A menina começou a sentir-se esquisita, sem vontade de fazer suas atividades escolares. As coisas iam de mal a pior. Os colegas nunca mexiam com ela na frente da professora, mas sim quando desciam para o intervalo...

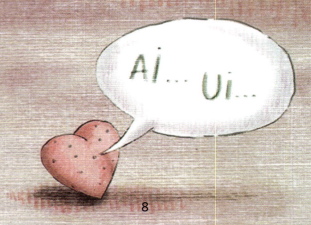

A menina foi se isolando, andando de lá para cá...

– Oi, solitária! Você está sempre sozinha porque ninguém gosta de você...

O problema é que ela começou a acreditar em tudo o que escutava a seu respeito, e as plaquinhas iam aparecendo...

– Acho que ninguém gosta de mim. Não tenho o amor, nem a amizade de meus colegas – entristecia-se a menina.

Em casa, os pais começaram a perceber que algo estava errado...

– Filha, o que você tem? Está tão calada!

"Ah! Então é assim que meus pais me veem: calada!", pensou a menina.

A mãe emendou:

– Suas notas estão mais baixas. Está tendo dificuldades nas matérias?

Não demorou muito para que novas plaquinhas surgissem.

A menina ficava cada vez mais escondida atrás de suas plaquinhas... Sentia frio, e tinha os pés e as pontas dos dedos das mãos gelados.

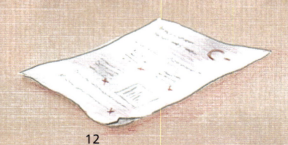

A menina percebeu que os pontinhos alegres dentro do seu coração e cheios de boas lembranças estavam escondidos atrás das plaquinhas. Mas quem iria ligar para suas histórias bonitas?

Ela ficava imaginando que era de outro jeito: com dez quilos a menos e cabelos diferentes dos seus, só tirava dez em todas as matérias, era popular com todos os colegas e até tinha alguns fãs... Ah! Seria tão bom se isso fosse verdade!

Sem que ela soubesse, seus pais foram conversar com a professora. Ela lhes disse que a menina estava mais quieta em sala de aula e que iria verificar o que estava ocorrendo.

Certa ocasião, a professora perguntou à menina:

– Percebi que você anda triste. Aconteceu alguma coisa?

Ela não conseguiu falar, apenas chorou muito.

– Ah! Chorona! – falaram alguns meninos do grupo.

– Parece uma criancinha! – disse uma menina.

Imediatamente, a professora percebeu que sentimentos como amor, amizade e respeito não estavam passando pelo coração de todos.

– Eu não consigo ser como eles querem, professora – disse a menina aos prantos. – Meus cabelos são feios, sou estufada, calada, solitária e...

Deu o horário do intervalo, e a menina continuou falando, falando, falando...

"Meu Deus!", pensou a professora. "Há quanto tempo que ela está sentindo isso..."

No fim do intervalo, a menina estava mais calma, já de rosto lavado.

Quando se acomodaram em seus lugares, os alunos perceberam que a professora estava de braços cruzados e com jeito de brava! Eles ficaram quietos esperando a bronca...

Ela perguntou ao grupo se era verdade o que estava acontecendo com a menina. Alguns meninos e algumas meninas, cabisbaixos, confirmaram.

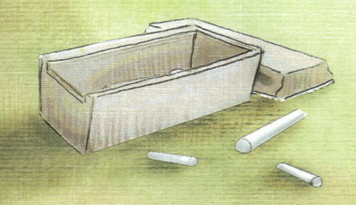

A professora falou aos alunos que chamaria seus pais para conversar na presença deles. Depois passou um sermão na classe e, por fim, disse que estava decepcionada, pois a escola era um lugar e um tempo de todos aprenderem juntos, de fazerem amigos, de compartilharem alegrias e terem apoio nas tristezas.

Ensinou que, quando colocasse os pés dentro da escola, cada aluno deveria ter o objetivo de ser melhor! Melhor no respeito ao próximo, no jeito de falar, de escrever, de calcular...

Ela lembrou às crianças que a natureza é muito caprichosa e diversificada em sua criação, e cada animal possui um mecanismo de defesa. Por exemplo, as pintinhas nas asas das joaninhas liberam uma substância amarga, que espanta possíveis predadores; os desenhos nas asas das borboletas atuam como uma forma de camuflagem; as carapaças das tartarugas, além de protegê-las, ainda servem como sua "casa"; o tatu-bola de jardim enrola-se todo para escapar do perigo. E os seres humanos?

– Nós temos cílios ao redor dos olhos para protegê-los da poeira e do excesso de luz – exemplificou.

A turma ficou silenciosa, pensando sobre tantas diferenças na natureza, no universo...

– É tudo muito grandioso, não é? – perguntou a professora.

Enquanto tentavam ampliar seus pensamentos para compreenderem melhor a vida, alguns alunos chegaram até a suspirar.

Por fim, a professora perguntou se alguém gostaria de fazer companhia à menina, para que ela não se sentisse mais sozinha. Imediatamente, Aninha levantou a mão.

A professora pediu que Aninha trocasse de lugar, e ela foi até a menina.

– Você me desculpa? – perguntou a garota.

– Por que está me pedindo desculpas? Você nunca mexeu comigo! – respondeu a menina.

– Mas eu também nunca a defendi quando vi o pessoal provocando você. Amizade é atitude de amor – falou a colega de um jeito bacana.

Aninha olhava diretamente nos olhos da menina, e ela gostou da nova amiga.

"Puxa, por que eu nunca reparei nela, que sempre foi tão tranquila?", pensou a menina. Então percebeu que só prestava atenção na turma que zombava dela. Aninha sorriu-lhe e tocou sua mão. Nesse momento, as plaquinhas da menina ficaram mais leves.

A professora foi até a lousa e pediu que os alunos criassem algumas frases para que a situação ficasse melhor. Então eles sugeriram:

"Gostar da gente mesmo."

"Cuidar bem dos nossos cabelos e deixá-los perfumados."

"Prestar atenção nas pessoas que nos dão bons exemplos e ficar perto delas."

"Denunciar os abusos quando for preciso!"

"Respeitar as diferenças."

– Isso mesmo, crianças! Estou gostando muito! – disse a professora.

A menina sentiu novamente vontade de caprichar um pouco mais em sua letra ao copiar as frases da lousa.

Na hora da saída, Aninha acompanhou-a.

– Você está tão à vontade... Como faço para ficar assim? – perguntou a menina.

– Ora, é só ser você mesma. Ai! É tão bom... Eu me sinto leve. Só escolho fazer as coisas de que realmente gosto. Por exemplo, se a bolsa da moda é aquela verde de marca famosa, mas gosto de uma bolsinha vermelha de uma simples lojinha, eu vou comprá-la e ficarei feliz com a escolha.

Depois de uma pausa, ela continuou:

– Outra coisa, eu procuro sempre me olhar com otimismo. Tomo um banho gostoso, visto as roupas que tenho vontade, escolho minhas músicas e faço tudo com capricho. Veja, minha mãe chegou. Tchau, amiga!

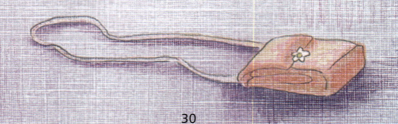

Aninha foi embora. A menina sentiu-se aquecida por dentro com o calor daquela nova amizade. Percebeu-se também aquecida com o sol do meio-dia brilhando no céu...

Como morava perto da escola, foi andando e saltitando pela calçada, toda contente.

E, quanto mais ela se alegrava, mais sentia um calor gostoso, até que de repente...

... desprenderam-se todas as suas plaquinhas! Nesse momento a menina aprendeu a não acreditar em tudo o que diziam a seu respeito.

Todos os seus pontinhos se reacenderam de uma só vez! Ela parecia uma árvore de Natal!

Quando chegaram do trabalho, os pais encontraram a menina arrumada e perfumada, sorrindo e falando ao telefone com Aninha. Ela também havia feito todas as tarefas escolares.

— Acho que deu certo irmos à escola — falou o pai.

— A professora me ligou dizendo que conversou com os pais dos alunos. Eu soube que alguns vão ficar sem assistir à TV por um bom tempo, outros estão sem *videogame* e outros foram obrigados a escrever cartas de desculpas para nossa filha — contou a mãe.

Sabem o que a menina e Aninha estavam combinando ao telefone?

Que iriam começar uma atividade: ajudar as pessoas a retirarem suas plaquinhas, para que pudessem acreditar que todos possuem um tipo de beleza que os torna únicos no mundo.

E isso é uma atitude de amor!

Silmara Rascalha Casadei

Silmara é mestre e doutoranda em Educação: Currículo, membro do Grupo de Estudos e Pesquisas Interdisciplinares (Gepi) pela PUC-SP e diretora de escola. Autora de várias obras destinadas ao público infantojuvenil, gosta muito de escrever sobre solidariedade socioambiental. Entre seus livros, destacam-se: *A menina e seus pontinhos*; *Como um rio: o percurso do menino Cortez*; *Como se constrói a Paz?* (em coautoria com Luis Henrique Beust); *O que é a pergunta?* (em coautoria com Mario Sergio Cortella); *Paulinho, o menino que escreveu uma nova história* (em coautoria com Mere Abramowicz); *Qual é a história da História?* (em coautoria com Lílian Lisboa Miranda), e *Quero ter avós!*, publicados pela Cortez Editora.

Lisie De Lucca

Nasceu em São Paulo (capital) e, desde pequena, criar foi uma forma de conhecer o mundo. Participou de exposições em várias cidades do País. Ao fim do Bacharelado na Faculdade de Belas Artes de São Paulo, muitas perguntas ainda estavam sem respostas, mas foram encontradas quando se licenciou também pela mesma instituição, apaixonando-se pela educação. Dali em diante, arte e educação caminharam juntas em sua maneira de entender e interpretar o mundo. Além de arte-educadora, é especialista em Linguagens das Artes pelo Centro Universitário Maria Antonia (Ceuma), da USP, e mestranda em Educação pela PUC-SP. Atualmente, ela atua como arte-educadora de crianças e adolescentes do Ensino Fundamental e Médio e mantém um trabalho artístico ligado à pintura e ao desenho. Dessa forma, sua maneira de entender e interpretar o mundo pode ser compartilhada!